FOLIO POLICIER

Caryl Férey

Les nuits de San Francisco

Gallimard

Caryl Férey, né en 1967, écrivain, voyageur et scénariste, s'est imposé comme l'un des meilleurs auteurs français de thrillers en 2008 avec *Zulu*, Grand Prix de littérature policière 2008 et Grand Prix des lectrices de *Elle* Policier 2009, et avec *Mapuche*, prix Landerneau polar 2012 et Meilleur Polar français 2012 du magazine *Lire*.

À Yves Pagès,
grand petit homme

Et pour le Sioux croisé ce matin-là
à Flagstaff, loin, si loin de Wounded Knee…

Nous ne savions pas mentir : nous n'étions pas encore civilisés.

WOUNDED KNEE I

C'était l'époque où le Cercle n'avait pas encore été brisé, où les bisons couraient librement sur les terres des ancêtres, où donner une part de la chasse aux plus faibles rendait le cœur plus fort... Sam était né Sioux, un Lakota de la tribu oglala. Les « Indiens des Plaines », comme on les appelait.

La guerre de Sécession terminée et la frontière ouverte à l'ouest, Custer avait pensé qu'un bon massacre d'Indiens lui donnerait une image de présidentiable : Lakota et Cheyenne l'avaient scalpé à Little Big Horn, lui et tous les soldats de son 7e régiment de cavalerie.

« Une autre vie ! », braillait Sam dans ses rebuffades éthyliques.

Car la terre des ancêtres était maudite. Il suffisait d'y grandir. Terres incultes, chômage endémique, l'alcool interdit mais tout le monde bourré du matin au soir ; une réserve, comme disaient les Wasichu. Sam avait vu son père se détruire sous ses yeux et n'avait rien fait pour l'en empêcher. Leurs ancêtres n'étaient pas de ceux qui avaient écrasé l'armée de Custer à Little Big Horn : non, Sam et son père étaient de ceux que ce même 7e de cavalerie reconstitué avait massacrés dix ans plus tard, à Wounded Knee, des centaines de Sioux oglala passés à la mitrailleuse au cœur de l'hiver, en majorité des femmes, des enfants et des vieillards qu'on avait achevés au sabre, pour se venger de l'humiliation. On disait que les « tuniques bleues » avaient éventré les femmes pour clouer leurs fœtus sur les tipis, qu'ils avaient achevé le vieux chef qui les guidait jusqu'au campement d'hiver ; ils l'avaient tué comme du bétail avant d'incendier leurs biens, leurs animaux…

Wounded Knee : Sam avait ce sang sur le visage.

Le chaman qui l'avait amené dans la tente de sudation avait raison, il lui dégoulinait dessus, le Peau-Rouge : le sang des ancêtres lui faisait des rigoles mauvaises dans le cerveau, de l'acide qui grillait les circuits, des petits torrents gelés. Du sang d'hiver, comme le campement d'alors…

« À quoi bon… tout ça… »

Sam avait fait comme son père. Turbulent à sept ans, battu à dix, fugueur à treize, il avait arrêté l'école à quinze, zoné dans la réserve avec d'autres jeunes paumés et mis une fille de dix-sept ans enceinte, un soir où il avait bu comme à l'ordinaire. Que faire ? Sam était sans boulot ni espoir d'en trouver ; il n'y avait rien à Wounded Knee, que des bons à rien, des alcoolos incapables de faire vivre un foyer qui, quand ils pouvaient encore enlever leurs ceinturons, passaient leurs nerfs sur la marmaille ou les squaws à portée de cuir ; des guerriers lâches et violents embourbés dans leur graisse pour qui la terre n'avait plus de nom.

Grâce au chaman, Sam avait pourtant appris leur langue si belle, tenté de tirer quelque chose des champs rocailleux où on avait déplacé leurs ancêtres vaincus à coups de sabre et de canons, en vain. Qui l'entendait ? Liza, la fille qu'il avait mise enceinte, parlait à peine leur langue et jamais d'amour, se contentant de réclamer les dollars qu'il n'avait pas pour élever cet enfant dont il ne voulait pas. Une quadrature qui ferait de lui un raté à vingt ans, comme les autres.

Sam avait demandé conseil à l'homme-médecine qui invoquait le Grand Esprit, mais, malgré les plantes qui fumaient dans le tipi, Wakan Tanka était parti depuis mille lunes et ne se manifesterait pas pour un loser de sa trempe.

— Tu finiras mal si tu continues à boire, grommelait le vieil homme entouré de ses amulettes magiques.

— Tu en connais qui finissent bien ? avait rétorqué Sam, encore à moitié beurré.

Le sage s'était rembruni, comme devant un enfant capricieux.

— Le dernier qui parle n'a pas toujours raison… Si le cœur n'est pas bon, quelque chose d'effroyable arrivera. Les Esprits te parleront si tu les écoutes, ajouta-t-il. Ils te rendront ton bon cœur, et chasseront le mauvais. Suis les signes : ton animal totem te guidera dans tes rêves…

Mais Sam ne rêvait plus, trop de soûlerie dans les veines, quand la cargaison d'alcool prohibé engloutissait les aides fédérales au prix de l'oisiveté.

Aucun animal totem ne s'était manifesté dans ses comas, Wakan Tanka avait refourgué les terres des ancêtres aux Wasichu contre un gallon de gnole, et Liza grossissait à vue d'œil.

Sam avait fêté ses vingt et un ans, le regard vissé sur le monticule du malheur.

Il ne supporterait pas de voir cet enfant, sûr qu'avec sa bonté naturelle il s'y attacherait aussitôt.

La vie lui jouait de sales tours.

La vie lui faisait mal au cœur.

Il fallait fuir : Liza, l'homme-médecine dans la tente de sudation, les signes des ancêtres qui ne lui viendraient pas. Le Cercle qui unissait les Lakota les uns aux autres avait été brisé il y a longtemps ; c'était trop tard.

Sam était parti vers l'Arizona, Flagstaff, territoire navajo, où il avait repris la bouteille avec d'autres frères de crasse et de misère. Sitting Bull et Crazy Horse, les vainqueurs de Custer, avaient été assassinés d'une balle dans le dos, au fort où ils étaient venus se plaindre de l'épaisseur des couvertures qu'on leur donnait pour se taire, de la vérole pulvérisée qui décimait leur peuple, des sacs de graines moisies, de l'alcool frelaté qui rendait les leurs aveugles.

Sam avait suivi les cadavres sur le chemin de l'Histoire.

Le soleil et la rue ne faisaient pas de beaux restes. Sam errait soûl dès neuf heures du matin dans les rues de la ville, retenant le froc sans élastique qui dévoilait son cul aux passants, qu'il taxait au hasard.

Il n'avait pas pris de nouvelles de Liza – avait-elle eu un garçon ou une fille ? –, de ses parents, de personne. Pour leur dire quoi ? Après deux ans de ce régime, sa beauté indienne avait foutu le camp, sa dignité, l'idée de la retrouver. Du guerrier lakota aux longs cheveux noirs déambulant dans les rues de Flagstaff, on ne voyait que le mime grotesque d'un folklore déplumé, des trajectoires d'ivrogne : les flics du coin lui avaient botté le cul pour qu'il dégage, et surtout qu'il ne revienne pas.

Sam avait pris ses sacs plastique, ses cannettes tièdes et un ticket de bus pour Las Vegas. Joe, un Navajo du coin, lui avait dit qu'ils recherchaient des ouvriers pour travailler dans le bâtiment. Ça construisait dur par là-bas, c'était même la pleine effervescence avec le boom de l'immobilier et il est bien connu que les Indiens ne ressentaient pas le vertige.

« Faut juste mettre un bémol sur l'alcool », avait prévenu l'ancien ouvrier navajo, en connaissance de cause.

Sam était parti tenter sa chance.

L'arrivée à Vegas d'abord l'avait impressionné : les gratte-ciel aux reflets de verre, le Strip illuminé tapageur, les répliques de pyramides égyptiennes, de tour Eiffel, le pont des Soupirs à Venise. Sam n'avait jamais vu de ville de cette taille, et toute cette pacotille de Disneyland lui donnait le tournis.

Et puis il s'était habitué. À l'époque, on

ne faisait pas beaucoup de différences entre un travailleur saisonnier et un Indien sac à vin. On avait besoin de main-d'œuvre dans le service et le bâtiment. Sam ne faisait pas l'affaire comme groom, mais pour grimper sur les poutrelles métalliques, ce n'était pas eux qui tomberaient. Eux : un Wasichu adipeux malgré la climatisation qui ici fonctionnait jour et nuit, chef d'agence d'intérim employant le tout-venant – Sam et la cohorte de ratés qui affluaient au cœur d'un des déserts les plus chauds au monde.

Le Sioux avait modéré le débit, le temps de faire bonne figure sur les échafaudages géants du Nouveau Monde – la bonne blague. Le travail était affaire d'équilibre, ce qui dans son état relevait de la haute voltige, mais Sam avait du courage – à sa façon. Tomber d'une charpente métallique pour avoir répugné à se sécuriser ne lui faisait pas peur. « Bon débarras même ! », lançait-il le soir, bourré, à ses compagnons de vertige.

Les ouvriers dormaient dans des baraquements à distance des avenues touristiques, dans une banlieue morne où s'entassaient les précaires. Vegas, la ville du jeu. Le leur consistait à tenir en équilibre au-dessus du vide, à enfoncer les rivets géants à coups de marteau et à redescendre, cuits par le soleil, vivants. Après quoi, c'était la débandade – biture, herbe, héro, selon le degré d'ancienneté.

De toute façon, il ne fallait pas compter sur l'idée de trouver une fille, de bâtir une famille et d'acheter une maison à crédit. Vegas gardait ses strass pour les gogos qui venaient s'en payer une tranche, engraisser les mafias et les vieilles stars qui finissaient leur carrière ici, le visage refait souriant en grand écran sur les murs publicitaires de la ville, verrue au milieu du désert. Les gens comme eux, on les prenait et quand ils avaient servi, on les jetait.

Sam avait tenu le coup deux ans, jusqu'à la crise des *subprimes*. Jamais rien compris à ce truc mais, à partir de là, le château de cartes s'est écroulé : la construction des immeubles a brusquement stoppé, les hôtels à mille chambres, les maisons pavillonnaires à peine peintes, plus rien ne valait plus rien. Les bétonnières s'étaient tues, les mécaniques, les contremaîtres ; il ne restait que des grues les bras ballants, des fers à béton comme des épingles vaudoues sous un ciel de feu.

— Y a plus de boulot, les gars, et personne sait quand ça reprendra, avait prévenu le type qui les embauchait. Alors prenez vos cliques et vos claques : on vous sonnera…

Sam n'avait pas mis grand-chose de côté, de quoi voir venir une semaine ou deux. Tout avait été bu au casino. Il avait essayé de trouver un autre job, mais ils étaient des milliers jetés à la rue, ouvriers, valets, serveurs, gardes-chiourmes ; les promoteurs faisaient la grande lessive et c'était eux la crasse.

Déchu de pas grand-chose, Sam avait squatté une de ces maisons construites à la va-vite pour des gens à qui on avait fait croire qu'ils avaient les moyens de la garder, sans trop d'illusions. Tout le monde cherchait un travail, n'importe quoi, et là aussi il manquait de qualification.

Enfin, le squat lui permit de vivre à l'abri

un moment, le temps que des milices privées le délogent *manu militari*. Retour cuisine, à l'envoyeur, sans poste restante.

Le choix dès lors était simple, le suicide ou l'alcool, mais, comme il disait, il ne savait même pas mourir.

La rue de nouveau lui tendait ses draps noirs. La rue qui salit sans cesse, qui pue, qui vous agresse à coups de tessons de bouteille quand vous dormez d'un sommeil de plomb, la rue qui vous engloutit en quelques jours et vous recrache en morceaux. Les caniveaux de Las Vegas suintaient le reflux après le passage de la crise et juraient franchement avec le carton-pâte des façades. En attendant des jours meilleurs, on vira l'Indien du décor – une grande spécialité wasichu…

Sam avait pris le dernier wagon, d'abord avec Manuel, un métayer mexicain sans papiers qui s'était volatilisé du jour au lendemain, avant de poursuivre la route, seul… Les mois étaient passés, semblables aux *trucks* rutilants qui lui balançaient leur gasoil à la gueule le long de la *highway*. Ils le prenaient parfois en stop, ou en pitié.

Sam s'en souvenait à peine. Kingman, Barstow, Bakersfield, il s'était laissé aller.

Nulle part s'appelait San Francisco. Une lente dérive vers l'ouest, le Pacifique si mal nommé, autre grand cassé du rêve américain. Sam avait atterri là comme on s'échoue, grossissant les rangs des milliers de *homeless* qui déambulaient, hagards, dans un *downtown* dont ils ne voyaient plus les tours.

Homeless : plus de noms, d'histoire, l'identité partie, chariots de feu dans les collines de la ville, tout au fond du brouillard, là-haut – quelque part.

Sam n'avait pourtant rien fait de mal, pas vraiment, ou qu'à lui-même. Le chaman lui avait dit qu'il finirait mal avec tout ce sang sur le visage. Ce qu'il était devenu, ce qu'il n'était pas devenu, tout se mélangeait en catastrophe dans sa tête. Il avait l'esprit à l'ombre, en prison depuis des siècles. La prison d'un être qui n'avait jamais été, ou alors sous forme de fantôme dans les livres d'histoire – les ancêtres toujours, qui le regardaient depuis les cieux, désolés et sévères. Sam avait perdu l'esprit, le Grand Esprit : il errait comme un spectre sur une plaine sèche, très loin d'ici...

— Qu'est-ce que tu dis ?

— Rien. Je suis devenu imprécis.

— Tu n'iras pas loin comme ça, mon gaillard !

— Voilà que tu causes comme le chaman !

Sam se parlait parfois, pour se tenir compagnie. Surtout quand la nuit tombait et que, comme chez tous les *homeless* de San Francisco, la peur remontait dans les veines, insidieuse. La ville était plutôt sûre le jour (on y voyait peu de flics et lui dormait) : c'est le soir qu'on pensait à demain, aux enfants, au passé, toutes ces conneries...

San Francisco.

Dans le sillage de leurs utopies, les hippies avaient surtout drainé un paquet de traîne-savates, de fumeurs de joints, d'allumés, de cinglés stratosphériques. Une révolution sous acide, qui n'avait pas duré : le gouverneur Reagan s'était chargé de faire redescendre tout ce beau monde de son perchoir. Pas question de payer pour les chevelus, les drogués, les couples qui se promènent à poil dans les transports en commun, les hommes qui se prennent par la main, les partouzeurs, les parasites sociaux, les rouges. Reagan avait vidé les hôpitaux et jeté à la rue une armée de fous, de malades congénitaux et de traumatisés, avant de leur déclarer la guerre. Amendes pour vagabondage, confiscation des couvertures données par les associations, fermetures des *shelters* ou doublement du tarif d'hébergement : les maires successifs avaient châtié tout ce qui traînait dehors. Qu'ils s'en aillent, qu'ils disparaissent sous terre – en vain : pour un retrouvé mort sous une bagnole, il en arrivait deux, d'on ne sait où.

Sam évitait d'y penser.

De penser.

Il avançait de toute façon comme les autres, au hasard, comme un putain de crabe aveugle trimbalant ce barda puant qui lui servait de chien.

Chinatown étant trop touristique, Sam avait opté pour Tenderloin, le quartier du centre-ville où les paumés de toutes espèces se retrouvaient pour mourir. Seulement le cimetière des éléphants n'existe pas. Les places sur le trottoir de San Francisco étaient chères et ce n'était pas l'herbe donnée sur ordonnance en pharmacie qui allait adoucir les mœurs.

« Je créchais près du Layne Hotel, un bouge miteux de Jones Street à l'angle d'O'Farrell, sur la terrasse d'un bistrot qui fermait le soir : le bois où j'installais mes affaires était moins dur que l'asphalte ; plus tempéré aussi. La journée, les défoncés dorment à l'ombre des bagnoles, des abris de bus, ils ne sont pas dangereux. C'est la nuit que sortent les zombis : anciens du Vietnam ou d'Irak, orphelins, maltraités, schizophrènes, débiles légers, ça déambule dès la nuit tombée ; aussi des groupes de femmes, celles qui souvent braillent le plus, des psychotiques jamais redescendus, des légumes confits et des ordures mouvantes, tête basse pour ne pas marcher sur un autre, une harde en haillons, à majorité noire... La vie chez les Wasichu... Un type a voulu me mordre la bouche une nuit, alors que je somnolais. Il n'a pas dit pourquoi. Tout ce qu'il voulait, c'était m'arracher les lèvres avec ses dents ; un vrai cinglé… Mais je me suis accroché à mon bout de terrasse, à ma réserve – ha ! ha ! –, sans céder un pouce de territoire. Pas mal pour un guerrier lakota évoluant en milieu hostile… Ça a duré jusqu'à ce que le gérant du Layne Hotel commence à en avoir marre de me trouver là le matin, avachi sur la terrasse du bar voisin. Paraît que ça fait fuir la clientèle. Le gérant s'appelait Suarez, un titan mexicain qui me réveillait à coups de savate en me traitant de sale ivrogne, de bon à rien d'Indien… Tu parles que je m'en foutais, anesthésié de l'intérieur. Les mots ne me touchent plus depuis longtemps, les coups c'est autre chose. Après quelques semaines de ce réveil, j'ai dû avoir une côte pétée, ou plusieurs, affûtées comme des flèches dans la cage thoracique ; en tout cas, ça me faisait un mal de chien rien qu'en respirant… Les *homeless* du quartier ne me donneraient pas beaucoup de répit ; il fallait que je me refasse une santé, ou ils allaient me mettre en pièces… »

Sam avait rassemblé ses sacs, et fui Tenderloin.

Combien de temps ses os mettraient-ils à se reconsolider, le Sioux n'en savait rien : il avait traîné ses affaires jusqu'à Castro, le quartier homo plus haut sur la colline.

« Ça file pas de coups de pied aux ivrognes à terre, les pédés, non ? »

Non : ça se prend par le bras en évitant de croiser votre regard, ça fuit à votre approche comme si la pauvreté était une maladie transmissible, un sida social. On ne pouvait pas leur jeter la pierre. Sam s'était vu en pied un jour dans une vitrine, et il avait eu peur de son allure : où *était-il* dans ce fantôme ? Sale et puant, débraillé, cerveau troué à ne pas y croire, le cœur aux oubliettes et toujours aucun signe de son animal totem : Sam avait songé à ses ancêtres oglala et il avait eu encore plus honte…

Tout ce sang, ce sang sur son visage… Non, ne plus y penser.

Sam ne savait pas si aujourd'hui était un bon jour pour mourir, mais la manche avait été bonne ; tellement qu'il s'était payé le luxe de boire une bière fraîche à la terrasse d'un bistrot de Mission, dans un verre.

Sam s'était installé à une table discrète en face du Roxie, savourant son impression de monsieur Tout-le-monde. Les loupiotes du cinéma alternatif clignotaient de l'autre côté de la rue, le monde devenait pâle avec le soir, la serveuse n'avait pas fait de remarques quand il avait passé la commande ; maintenant il avait sa Bud en main, fraîche comme il l'aimait, et il regardait passer les gens dans la rue.

Une petite queue s'était formée à l'entrée du cinéma, moyenne d'âge cinquante ans, pour voir un documentaire retraçant l'épopée de Death, le premier groupe de punk noir. La table voisine était vide ; les quelques clients s'étaient regroupés à l'autre bout de la terrasse… Peut-être qu'il puait comme un putois. Il y avait un type un peu plus loin, un jeune Blanc qui faisait les cent pas sur le trottoir en parlant à une voix imaginaire, perché dans son cosmos… Sam frissonna malgré lui, et la douleur dans ses côtes se réveilla : finirait-il par devenir fou, lui aussi, à tourner en rond comme un fauve en cage ?

Le Sioux ruminait sur le sort des petits cailloux perdus au fond de lui, quand une silhouette apparut dans son angle mort. Elle passa à sa hauteur, et Sam ressentit comme une décharge dans le cœur. La table voisine l'empêcha de la voir en entier : le temps de relever la tête elle était déjà de profil, chaloupant sa croupe au fil de l'air et du temps qui courait à sa suite. Une silhouette féminine, émouvante, qui l'espace d'un instant le ramenait à des plaies heureuses. Sam se revit enfant, regardant sa mère se baigner, son père encore fier à ses côtés, ado sautant plus tard dans la même rivière, amoureux – Shirley « Petit-Nuage », une fille de la bande… Des larmes oubliées lui montèrent aux yeux, qui déjà n'y voyaient à moitié plus rien : d'où sortait cette apparition ?

Sa petite robe à pois blancs dansait sur le trottoir, des taches phosphorescentes entre chien et loup comme des signaux de détresse, Sam ne voulait pas y croire, c'était un rêve qui s'échappait de son esprit, la jeunesse qu'il avait bue, rebue, jusqu'à la foutre en l'air, elle et tout ce qui pouvait lui ressembler. Mais voilà qu'un sentiment étrange l'étreignait, la grâce, la grâce d'une passante dans la rue, presque douloureuse, la grâce qui l'éclaboussait et lui jouait un sale tour, lui mâchait le cœur pour en extraire son dernier jus, comme s'il était encore capable d'amour – ivrogne ! Peau-Rouge !

Sam était là, bancal sur sa chaise, électrisé par l'instant, et son cœur malmené soudain se révulsa : la femme avait une jambe coupée.

Elle portait une prothèse sous le genou, un engin hydraulique en acier arrimé à son articulation, mais elle l'avait si bien adopté qu'elle gardait une démarche d'une fluidité presque magique, comme si l'amputation n'existait pas.

Une hallucination de plus ? Sam essuya ses yeux qui ne croyaient plus aux larmes, mais la réalité s'étalait crue : la femme qui s'éloignait sur le trottoir de Mission n'avait pas de jambe droite, seulement cette horrible machine sanglée à son genou, qui pliait comme un piston à la mesure de ses pas... Le choc laissa Sam interdit.

Le cinglé qui déambulait sur le trottoir ne la vit pas passer devant lui, tout accaparé par ses démons. Sam crut qu'elle allait s'enfuir comme tous les rêves où il s'était brisé l'échine, mais la femme au genou cassé s'arrêta à l'arrêt de bus, à quelques mètres.

Elle avait les cheveux châtains, mi-longs, à peine trente ans. Elle restait là, immobile, gracile et légère dans le jour finissant. Sam osait à peine respirer, comme au-dessus d'un papillon, de peur qu'elle ne s'échappe.

Un tramway passa, puis deux. La rue se vidait, la nuit tombait dru, Sam ne voyait que cette femme à l'arrêt de bus, son sac à l'épaule, elle et sa jambe amputée…

Le Sioux n'aimait pas la pitié – personne n'avait pitié, ou alors toujours trop tard : ce n'est pas lui qui s'est levé, juste le souvenir qu'il gardait des plaines.

*

Elle s'assit au fond du *cable car* sans prendre garde à l'homme qui s'était glissé dans son dos ; Sam grimpa sur le marchepied, ignora le chauffeur avant de prendre place sur le premier siège libre.

Un jeune avec un skateboard mâchait un chewing-gum à ses côtés, les écouteurs enfoncés dans les oreilles, indifférent au *homeless* particulièrement repoussant qui lui faisait face. Sam avait déjà croisé ce type. Il ne connaissait pas son nom, ne lui avait jamais parlé. Une épaisse morve chimique avait coulé de sa narine et séché sur sa barbe, la merde qui s'écaillait sur son froc coulait dans ses godillots, remugles engloutis dans un tourbillon d'odeurs plus anciennes. Il tenait une foule de petits sacs plastique dans ses mains aux ongles noirs, et la laisse d'un chien beige qui se demandait ce qu'il foutait là.

Il y eut un coup de frein qui faillit les envoyer dans le décor : Sam se rattrapa à la barre du *cable car*, qui reprit sa course extatique vers les collines. Les rues en montagnes russes, *Dirty Harry*, *Bullitt*, les films qu'il avait vus à la télé lui faisaient mal au cœur... Deux personnes descendirent à l'arrêt suivant. La capuche recouvrant la moitié de son visage, Sam risqua un œil au fond du tramway : la fille observait la rue depuis la vitre embuée, ailleurs… À quoi pensait-elle ?

Et lui, il s'imaginait quoi ? Sam n'avait jamais su s'y prendre avec les femmes, Liza, Petit-Nuage, les autres : timide, transi, puis bourré, défait, vaincu, toujours la même histoire qui revenait. Un manque de confiance chronique ou génétique, qui ne s'était pas soigné en vivant dehors : la survie était plutôt une sous-vie qui interdisait toutes porosités, la tendresse limitée à un copain qui t'offre une cannette chaude. Pour le sexe, il fallait se débrouiller avec les moyens du bord. Sam avait baisé des malades sur des cartons empilés, des femmes qui n'avaient plus toute leur tête, des vieilles poivrotes, des punkettes, quelques fleurs qu'on se partageait au milieu d'un tas de fumier. L'amour n'était pas pour eux, alors encore moins pour lui. Sam ne rêvait plus depuis longtemps, ça lui faisait trop mal, mais le choc électrique tout à l'heure à la terrasse lui courait encore, bison, le long de l'échine. C'était quoi cette histoire d'apparition, un signe de l'homme-médecine ? De Wakan Tanka ?

Le *cable car* tira des diagonales ardues dans les rues à pic, stoppa au hasard des inclinaisons californiennes. Ils n'étaient bientôt plus que quatre, disséminés sur les sièges. La fille amputée restait assise au fond, le visage tourné vers les rues vides à cette heure. Il fallut atteindre Haight Street pour que San Francisco retrouve un peu ses couleurs.

Le ciel était bleu pétrole sur l'ancien quartier hippie, les enseignes clignotaient comme des lucioles extatiques. Le tramway traversa la *main street* jusqu'à l'angle de Stanyan. La fille sortit alors. Toujours masqué par sa capuche, Sam attendit qu'elle descende le marchepied et quitta le *cable car* par l'avant. Le Golden Gate Park se dressait dans la nuit. Il lui laissa un peu d'avance, ne voulant pas avoir l'air de la suivre. Le tramway était reparti. Sam se retourna vers la fille amputée et l'aperçut plus loin sur le trottoir, vomissant entre les grilles du parc.

La pauvre n'avait pas l'air bien – du tout. Il la vit s'accrocher aux grilles, se redresser, tenter de marcher, rebondir contre les barreaux, avancer encore, sa prothèse suivant le mouvement par une succession de miracles pathétiques, qui lui crevaient le cœur.

Le Sioux la suivit de loin, pour ne pas l'apeurer, sans savoir que c'était elle qui l'entraînait dans son sillage.

*

La lune jouait à cache-cache entre les arbres du Golden Gate Park, où elle s'était réfugiée. Sam se terrait derrière un grand chêne, observant la femme amputée assise sur le banc.

Elle avait eu du mal à l'atteindre. Malade sans doute. Dix minutes qu'elle ne bougeait pas, ombre claire sous les astres, le regard perdu sur la pelouse… Par chance il n'y avait personne de ce côté-ci du parc ; Sam se glissa sans bruit sous les branches du chêne et l'observa de plus près, encore incapable de l'aborder – elle dirait quoi de ce traîne-savate ? Il ferait peur à sa propre mère.

L'obscurité le rendait invisible, voyeur

dans l'expectative ; il approcha doucement, prenant garde aux branches mortes, s'arrêta à vingt mètres du banc éclairé par la lune... Sa gorge était sèche.

— Tu cherches quelque chose ? lui lança-t-elle tout de go.

Sam ne distinguait pas les contours de son visage, mais la fille regardait dans sa direction. Il avait l'air malin. Démasqué, Sam consentit à sortir du bois, loup prudent, entre la peur de la confrontation et celle de déranger.

— Heu... je ne sais pas, dit-il.

— Tu sais pas quoi ?

Il approcha.

— Ce que je cherche...

C'est tout ce qu'il avait trouvé à dire.

— Si tu es là, tu dois avoir une piste, renvoya-t-elle, visiblement peu impressionnée.

— Je... je vous ai suivie, avoua Sam, je ne sais pas pourquoi...

La femme au genou cassé n'était pas aussi belle qu'il l'avait cru : son visage était beaucoup trop triste... Sam se tenait à deux mètres du banc et son cœur se serrait un peu plus.

— Tu es indien ? demanda-t-elle.

— Ça se voit tant que ça ?

— Ça fait cinq minutes que tu me tournes autour comme un chariot…

Sam ne sourit pas trop, de peur qu'elle voie ses dents cassées par trop d'alcool.

— Je ne voulais pas te faire peur… Pardon.

Il se cala sur sa jambe gauche, sa jambe forte, pour ne pas tituber. Ses yeux brillaient sous les astres, pas seulement à cause de toutes les cannettes vidées depuis le réveil.

— Tu viens d'où ? dit-elle.

— Dakota du Sud.

— Sioux ?

Il opina.

— Oglala.

C'est elle qui opina :

— Ceux qu'on a massacrés à Wounded Knee, hum…

Sam voulut lui dire quelques mots dans sa langue mais il avait la gorge nouée devant sa jambe, cet affreux tube de fer harnaché à son corps… Le sentit-elle ? Son visage blêmit un peu plus. La fille tangua sur le banc, puis se reprit.

— Tu t'appelles comment, Grand Chef ? demanda-t-elle.

— Sam.

— Ce n'est pas un nom de Sioux.

Il fit la moue.

— C'est celui qu'on m'a donné…

Elle leva les yeux vers le ciel, interrogea les étoiles, son visage offert à la lueur spectrale, et au bout de la réflexion se tourna vers le *homeless*.

— Je vais t'appeler… Deux-Ours, dit-elle.

Le Sioux haussa les épaules sous son treillis élimé. Au point où il en était, elle pouvait même l'appeler par une marque de pâtée pour chien. Il désigna la place sur le banc :

— Je peux m'asseoir ?

— Si tu arrives jusque-là, oui…

Elle souriait comme un reptile. Ou bien la honte d'être soûl le dévorait. Sam fit une série de pas sans s'écrouler et parvint à s'installer sur le banc de bois.

— Je m'appelle Jane, dit-elle.

Le temps de faire le point sur son petit nez, Jane allumait une cigarette tirée de son sac.

— Tu fumes, Deux-Ours ?

Ses yeux étaient clairs, troubles, magnifiques.

— Je m'appelle Sam, dit-il.

— Ce n'est pas ma faute si tu as de grosses pattes, se moqua-t-elle.

Le Lakota accepta la cigarette qu'elle lui tendait, sans commentaires. Avant, il aurait pu faire illusion avec ses beaux traits émaciés, sa carrure et ses longs cheveux noirs : aujourd'hui, il avait l'air d'un balourd comparé à cette femme, même estropiée et malade. Le regard de Sam erra un moment dans le parc, moins vide qu'il n'y paraissait – ils étaient des dizaines à dormir dans le gigantesque Golden Gate Park, loin de tout, sauf des écureuils et des mauvais coups.

Le temps passa. Jane ne bougeait pas, les mains croisées entre les cuisses. Sa petite robe à motifs lui allait bien.

— Tu vas mieux ? se risqua-t-il.

— Mieux ?

— Je t'ai vue vomir près des grilles, tout à l'heure…

— C'est pour ça que tu m'as suivie ? Dis-moi, Deux-Ours : tu suis tous les animaux blessés ou malades que tu croises pour leur faire la causette ?

— Non… Non, j'ai le cerveau brouillé, Jane, dit-il pour la rassurer. Bu trop d'eau-de-feu… Deux-Ours est une espèce en voie de disparition, si tu veux mon avis.

Elle rit : un rire franc et si désespéré qu'il lui fit froid dans le dos. Pourtant il avait peur que le rêve s'arrête, que Jane se transforme en vieux chaman revenu du fond des temps pour lui trancher la gorge au nom de son peuple, ou de n'importe quoi : devenait-il fou ?

La fumée du tabac le fit tousser. Il cracha sa fumée aux étoiles quand Jane se tourna vers lui.

— Tu viens souvent ici la nuit, Deux-Ours ?

— Non… Jamais.

— Moi non plus…

— Il y avait des arbres comme ça chez moi, dit Sam. Il y a longtemps…

— Chez moi, il y avait surtout des cons, renchérit-elle. Il y a longtemps aussi.

Il sourit malgré lui à l'ombre du banc.

— On fait une belle équipe tous les deux, pas vrai ? fit remarquer Jane.

— Bah… Moi, je sais pas, mais toi… Oui, ajouta-t-il, ça ne fait pas une équipe, mais toi tu es très belle.

Un vieux fond de tendresse surnageait au milieu du cloaque.

— Tu aimes les handicapées, Deux-Ours ? ironisa Jane.

La lune brillait dans les flaques mais ses yeux étaient éteints, des draps défaits et sans amour. Sam ne savait plus où se mettre, encore moins dans sa peau.

— Ce n'est pas comme ça que je te vois, finit-il par dire.

Jane tendit son genou replié sous le banc, découvrant sa prothèse.

— Et là, tu vois quoi ?

Quelque chose avait changé dans sa voix, l'envie de mordre, ou de tuer – le Sioux connaissait ça.

— Je vois une femme malheureuse, dit-il sans se démonter.

— Dis donc, tu es perspicace, Deux-Ours ! railla-t-elle. Tu as du flair – ha ! ha !

Jane riait, mais il y avait des larmes dans sa gorge blanche. Sam grogna – cette fille était cinglée –, fuma en la surveillant du coin de l'œil. Un voile retombait lentement sur son visage ; elle semblait de nouveau absente, perdue dans ses pensées… Un long silence s'installa sur le banc. Un oiseau pépia dans la nuit. Sam sondait son cœur, pour le moins confus.

— Tu es toujours là, Deux-Ours ?

— Oui.

Jane le dévisagea, énigmatique.

— Que dirais-tu d'une petite balade en ville ?

— Où ça, rétorqua Sam, tu veux dire dans le quartier ?

— C'est moi qui invite, assura-t-elle. Tu aimes ça, boire ?

— Hum, toi aussi on dirait, non ?

Jane secoua la tête :

— Pour toi, je veux bien faire une exception.

Sam n'était pas sûr de comprendre. Qu'importe :

— Je veux bien t'accompagner dans un bar, mais avec mon costume de poivrot, pas sûr qu'ils me laissent rentrer.

— J'en fais mon affaire ! s'écria-t-elle, soudain requinquée.

Il bougonna (ça se voyait qu'elle ne vivait pas dans la rue), mais Jane avait l'air de s'en moquer.

— Cesse de grogner, Deux-Ours, fit-elle en écrasant sa cigarette sous son pied valide.

Elle leva les yeux vers lui :

— Aide-moi plutôt à me lever…

*

Sam la tint contre lui et son pouls battit plus vite, plus fort. Depuis combien de temps n'avait-il pas respiré ce parfum de femme, senti la chaleur d'une peau si douce et si proche, ses bras accrochés à lui, ses cheveux ; le Lakota se sentait investi d'une mission importante. Jane ne tenait plus qu'à ses fils, mais il ne laisserait pas tomber sa poupée amputée, jamais. Pour la première fois depuis que le Cercle avait été brisé, le cœur de Sam avait quelque chose à donner.

Ils ne parlaient pas, trop occupés à marcher droit. Ils allèrent ainsi jusqu'aux lumières de Haight-Ashbury, ses restaurants bio et ses bars animés, où les silhouettes des gens s'égaillaient comme des mirages.

— Tu veux aller où ?

Les yeux de Jane roulaient sous les étoiles blafardes.

— Où tu veux, dit-elle.

— Où je veux ? Mais je connais rien, plaida Sam, je suis pas d'ici.

— Non, convint Jane : tu es de Wounded Knee, Dakota… Comme moi ce soir. C'est beau, non ?

Sam grogna – c'était surtout trop beau pour être vrai. Il la soutenait depuis le banc du Golden Gate Park, Jane ne pesait rien, que sa misère partagée ; il pouvait l'amener n'importe où.

— Alors ? fit-il en désignant des bras les enseignes qui clignotaient sous leurs pas.

— Le premier, là, dit-elle du bout du nez, avec la devanture rouge…

L'Alembic. Sam jeta un œil inquisiteur à l'entrée, ne repéra aucun portier, en profita pour mener Jane à l'intérieur.

L'atmosphère, bruyante et joviale, contrastait à peine avec le décor postpunk du bar de nuit : des tabourets en moumoute zébrée ou léopard sur un plancher rustique, des têtes de mort souriantes sous les rares spots qui éclairaient d'impressionnantes rangées de bouteilles et un plafond en fer-blanc martelé. La barmaid, au look gothique, avait manifestement forcé sur l'alcool, encouragée par un tube des Sex Pistols et le couple installé à l'autre bout du comptoir qui plaisantait avec elle.

Sam déposa Jane sur un tabouret, le temps pour la barmaid de noter leur présence au comptoir.

— Salut, ça va ?! lança-t-elle depuis son décolleté pigeonnant. Qu'est-ce que je vous sers ?

Ses tatouages représentaient des roses rouges aux épines de sang.

— Tu bois quoi ? fit Jane.

— Je ne sais pas, comme toi, une bière…

— OK, répondit-elle à la punkette. Deux bloody mary, s'il te plaît.

Le couple d'amoureux s'embrassait à l'autre bout du comptoir, des touristes bourrés avaient investi les quelques tables, lui dévorait Jane des yeux, écureuil tombé du nid dans un parc trop grand pour eux.

— C'est pas souvent qu'on me paie un verre, commenta-t-il.

— C'est parce que tu bois trop, Deux-Ours !

Sam guettait les réactions des buveurs, mais personne ne semblait s'offusquer de son accoutrement minable.

La barmaid empila la glace, noya le tout de vodka, fit quelques pitreries d'avinée qui firent rire un public conquis d'avance, et déposa bientôt les cocktails sur le comptoir humide. Jane paya aussitôt, abandonnant la monnaie à la punkette survoltée.

— À la vie, Deux-Ours ! s'esclaffa-t-elle en trinquant. À la vie qui fout le camp !

Sûr que son sourire ne valait rien. Le cocktail, lui, était délicieux.

— Qu'est-ce qui t'est arrivé ? s'enhardit

Sam à la deuxième gorgée. Pour que tu sois comme ça ?

— Comme ça ? fit-elle en désignant sa prothèse. Bah, j'ai pris mon pied un jour où je n'en pouvais plus en le mettant dans un broyeur. Ou alors j'ai été amputée sur un champ de bataille, reprit-elle avec une joie mauvaise. Ou je suis née comme ça : avec un bout de ferraille articulé au genou. Tu choisis.

Elle redevenait méchante. Méchante envers elle-même. Sam comprenait ça, son cœur aussi était malade.

— Je ne parlais pas spécialement de ta jambe, dit-il. Je me demandais seulement comment quelqu'un comme toi pouvait se retrouver avec quelqu'un comme moi, dans ce bar ; pourquoi tu erres la nuit dans les rues… Pourquoi je t'ai suivie.

Jane soupira sur son tabouret zèbre.

— Nos destins sont liés, Deux-Ours, dit-elle bientôt. C'est la nuit qui nous a réunis.

Il hocha la tête comme devant un enfant.

— Tu ne réponds pas, ou alors à côté.

Jane ne dit rien, préféra changer de sujet.

— Parle-moi plutôt de toi, Deux-Ours.

C'était bien la dernière chose sur laquelle il avait envie de s'épancher.

— Il n'y a pas grand-chose à dire. Pauvreté, désœuvrement, alcool, chômage, fuite. À mettre dans l'ordre que tu veux… Mon histoire est tellement banale qu'elle ne vaut pas une ligne, dans aucun livre, ni même que je te la raconte.

Sam était bourré, mais pas au point de partir dans une de ces tirades mythomanes qu'affectionnent les ivrognes. La vérité était lâche, sans pitié pour les losers congénitaux de son espèce peau-rouge. Jane ne broncha pas, solidaire sans doute. Sa tête dodelinait au-dessus du verre.

— Tu as un métier ? demanda Sam.

— Hum ?

Elle releva le nez de son verre.

— Je suis sûr que tu fais autre chose de ta vie que traîner dans la rue, avança-t-il.

Jane dressa un ravissant sourcil :

— Ah oui, qu'est-ce qui te fait croire ça ?

— Ce n'est pas un endroit pour toi.

— Tu me mettrais dans quelle case : rebut ?

Elle avait surtout le don de le mettre au pied du mur.

— Je t'ai déjà dit que tu étais belle comme tu étais.

— Comme j'étais, oui.

Elle avala la moitié du bloody mary, accrochée à sa paille, en le tenant dans sa ligne de mire. Il ne saurait rien de sa vie.

À deux pas de là, la barmaid emplissait une rangée de petits verres d'un alcool vert, sous le regard gourmand du couple d'amoureux. Sam tria ses idées noires, comme s'il n'en avait pas fini avec Wounded Knee...

— Tu as dit adieu à ta famille, Deux-Ours ? demanda Jane, qui lisait dans ses pensées.

Le Sioux oublia la tranche de citron noyée dans le jus de tomate.

— Pourquoi ?

— C'est important.

Ses yeux erraient sur le comptoir.

— Je me souviens pas, dit-il. C'était il y a longtemps... Et ça vaut mieux comme ça. De toute façon, il n'y a rien à faire là-bas, même pas des adieux.

— C’est parce qu’on vous a parqués, fit-elle remarquer.

— Hum.

— Il paraît qu’ils veulent faire un mausolée, ou un monument pour les victimes de Wounded Knee, renchérit Jane. On m’a aussi dit que Johnny Depp voulait racheter le site pour le donner aux Indiens…

— Comme ça, on finira en bêtes curieuses, bougonna-t-il, pour les touristes.

La jeune femme posa la main sur son épaule.

— Tu sais ce que disait je ne sais plus quel poète : « Celui qui regarde le lion dans sa cage finit par pourrir dans la mémoire du lion… »

Il opina. Au fond, Jane avait raison. Par une inversion macabre, c’est lui qui pourrissait dans le regard des Blancs. Sam ne voyait pas l’alcool que la barmaid déversait sur ses seins nus, n’entendit pas les rires ivres des clients autour de lui : il était branché sur les mots de l’homme-médecine. Près de Jane, son cœur respirait. Son corps et son esprit étaient comme les poumons d’un enfant qui naissait – qui renaissait…

Wakan Tanka avait-il rafistolé un bout du Cercle, pour lui ?

— Viens, souffla Jane à son oreille. Allons-nous-en…

Elle avait fini sa vodka et commençait à faiblir : le Lakota la saisit par le bras et chemina tant bien que mal jusqu'à la sortie. On fit un écart devant eux avant que la brise du dehors ne les rafraîchisse un peu. Ils enjambèrent un vieux hippie allongé sur le trottoir, passèrent devant un bar où des jeunes Wasichu riaient de leurs exploits, traversèrent un carrefour, puis deux…

— On va où ? demanda Sam.

Jane ne tenait plus qu'à lui.

— À Bellavista…

*

Sam n'avait jamais grimpé sur les hauteurs de Haight-Ashbury : ils empruntèrent le chemin tortueux qui divaguait à flanc de colline, elle serrée contre ses flancs, la lune intermittente entre les branches des arbres.

— Tu tiens le coup ? demanda-t-il à mi-chemin.

— Super.

Sam gambergeait dans les allées du parc de Bellavista. Que deviendrait-il après Jane ? Comment pourrait-il reprendre sa vie d'avant, traîner dans les rues avec pour seul but d'éviter les coups, racler les miettes, picoler, recommencer ? C'était impossible, pourtant il fallait qu'il garde Jane près de son cœur malade, qu'il la possède même un instant, encore un instant.

Ils atteignirent le sommet de la colline, en proie à des sentiments divers. San Francisco s'étendait sous leurs mines échaudées, les lumières comme des miroirs. Le vent de la nuit courait sur leur peau, c'était bon.

— Je n'en peux plus, souffla Jane à ses côtés.

Elle était toute pâle.

— Tu veux t'asseoir ?

— Oui...

Sam l'aida à trouver une place au creux d'un rocher, avec vue imprenable sur la ville, les étoiles, et sur ses beaux yeux clairs. Il aurait voulu lui dire tous les mots d'amour qu'il n'avait pas dits, murmurer à cette femme inconnue qu'il n'avait jamais été aussi heureux que ce soir ; grâce à elle il se sentait vivant, libre, mais Jane se mit à fouiller dans son sac.

— Qu'est-ce que tu cherches ?

— La dope, dit-elle.

— De la dope ? Hum, tu ne crois pas que tu as déjà ton compte ? Jane – il insista doucement –, tu arrives à peine à marcher.

— Je n'ai plus besoin de marcher…

Elle releva la tête pour croiser son regard :

— Grâce à toi.

Son sourire ne valait pas tripette. Jane sortit un étui à cigarettes de son sac : il y avait un étrange objet à l'intérieur, une sorte de joint avec un tube de plastique blanc, qui faisait office de filtre.

— C'est quoi, de l'herbe ?

— Aussi, oui… Pour toi, Deux-Ours… Pour nous.

Sam observa l'objet qu'elle tenait à la main – oui, étrange… Jane fit claquer son briquet-tempête et alluma ce qu'il fallait prendre pour un joint. Elle aspira une première bouffée, les yeux brillant de larmes. Puis une seconde.

Il ne ressortait rien de sa bouche, qu'une vague fumée prise dans le givre.

— Ça te dit, Deux-Ours? fit-elle à mi-voix.

Ça avait l'air costaud.

— Hum.

Sam n'allait pas la laisser seule. Pas ce soir. Jamais. Il prit le joint entre ses doigts meurtris et aspira à son tour. C'était chimique, moins fort qu'il se l'était imaginé, avec un arrière-goût de marijuana…

Ils fumèrent en silence, jusqu'au bout. Une à une, les étoiles commencèrent à s'éteindre.

— Viens, dit-elle. Viens contre moi…

La lune éclairait son visage spectral. Sam oublia la prothèse d'acier, son malheur : il nicha la tête de Jane contre son épaule, caressa ses cheveux de ses pattes maladroites, heureux, défoncé… La nuit de San Francisco les enveloppait. Sam croyait n'avoir plus rien à craindre, mais de petites araignées radioactives couraient sous sa peau, des picotements alternatifs qui grimpaient… ici… et là… embrumant son esprit et son cœur malade. Alors Sam prit peur :

les fantômes-ancêtres étaient-ils repartis ? Et Jane ?

Bientôt le Sioux ne sut plus quoi contempler, la ville étendue à leurs pieds ou la fée amputée qui reposait contre sa poitrine : il voyait double.

WOUNDED KNEE II

Il y avait de la drogue dans la drogue... Rien à voir avec celle qu'elle s'envoyait quand elle avait rencontré Jefferson ; Jane carburait aux amphets à l'époque, tout ce qui terminait par « drine » et lui permettait de tenir le coup. Comme mannequin, Jane avait eu du succès. Elle savait évidemment que ça ne durerait pas – le propre d'un mannequin de mode était de passer de mode – et comptait bien en profiter.

Elle avalait des cachets pour multiplier le temps d'exposition, courait les castings entre deux *shootings*, acceptait les lancements foireux où des gominés efféminés vous appelaient chérie sans vous peloter le cul et vous la mettaient quand même profond au moment de passer à la caisse mais, philosophe, elle passait les aléas de sa vie par pertes et profits. Jane était jolie sans être belle, avec à vingt-deux ans assez d'allure pour tenter de devenir comédienne. La façon d'y arriver importait peu, elle pouvait faire cent métiers ; Jane s'en fichait.

Elle avait quitté Fresno, sa ville natale, conglomérat de béton aux avenues sans âme où les flics encerclaient les terrasses des bars à l'heure de la fermeture et vous dispersaient à la lampe-torche avec une forte envie de nettoyer la place à la matraque.

À Fresno, Jane ne se retrouvait nulle part. Les garçons buvaient de la bière au large des filles, braves paysans fiers des chemises à carreaux qu'ils portaient ouvertes sur leur tee-shirt, la casquette vissée sur des nuques rouges et rasées, riant fort en attendant d'être assez bourrés pour aborder les filles. Elles se déplaçaient en groupes disséminés selon l'épaisseur du maquillage, dindes pathétiques rêvant de coq.

La peur de finir caramélisée, l'amour rôti, fourrée jusqu'à la gueule, un Thanksgiving qui aurait mal tourné.

Non merci.

Jane préférait plutôt baiser avec Hitler que de rester dans ce trou perdu.

Elle avait dit ça un jour à une vague copine du lycée : la fille l'avait regardée, visiblement piquée d'intérêt.

— Ah oui ? C'est qui ce mec ?

Jane aurait voulu rire, mais la fille en question ne riait pas.

Fresno, élue plusieurs fois par les magazines la « ville la plus bête d'Amérique », autant dire du monde.

Ses parents n'avaient pas l'argent pour l'envoyer étudier à Berkeley ; Jane savait qu'elle devrait se débrouiller seule. Rien que de très normal ici, et puis les choses s'étaient précipitées…

Jane avait grandi tout à coup deux ans plus tôt, déliant un corps jusqu'alors explosif – on se faisait tellement chier à Fresno qu'elle avait pratiqué divers sports de manière intensive. Connue comme une sorte de garçon manqué avec ses éternels shorts XXL, ses tennis et ses cheveux lisses tirés en queue-de-cheval, Jane était devenue un animal féminin de première catégorie, toute châtain et grâce dehors. Rien d'ostentatoire, mais le genre de beauté à attiser les jalousies – un cancer si commun qu'il était entré dans les mœurs.

À Fresno, la jalousie se manifestait par des remarques acerbes (« pour qui elle se prend ?! ») qui cachaient mal une amertume féroce. Personne ici ne serait à la hauteur de ses rêves, et Jane était aux premières loges pour le savoir : elle n'était pas pour eux, voilà tout.

Jane et ses copains de promo avaient fêté l'obtention de leurs premiers diplômes chez le fils Carlyle, le géant du surgelé qui possédait une usine dans une des zones industrielles de la ville. La famille Carlyle habitait une propriété dans les faubourgs huppés de Fresno, avec une piscine en forme d'ogive (était-ce en rapport avec ce qu'on pouvait lire sur ses camions frigorifiques, « *Carlyle supports our troops* », et le visage souriant du patriarche ?), un jardin ombragé courant sur plus d'un hectare et un employé de maison vêtu de blanc qui s'occuperait de tout en l'absence des parents.

Bobby Carlyle avait invité les petits

chanceux qui partageaient sa promotion, une soixantaine de jeunes fraîchement diplômés ou affiliés, et la fête était vite devenue un joyeux bordel.

Jane sortait avec un garçon de la bande, James Carver, qui aimait jouer les leaders sur et en dehors des terrains de sport où il excellait. Jane n'avait pas couché avec lui, ni d'ailleurs avec personne. Elle avait laissé Carver la peloter sous toutes les coutures, mais ils s'étaient arrêtés là, ne voulant pas faire *ça* sur le siège d'une voiture – pas la première fois en tout cas –, ni dans sa chambre quand il leur arrivait de s'y enfermer, de crainte que ses parents entrent... D'un an son aîné, Carver comprenait. Il n'irait pas voir d'autres filles, promis. Et puis ils avaient le temps.

La fête battait son plein, l'air était doux, le ciel californien. Comme tout le monde Jane avait bu, il y avait de la musique et des rires, des déclarations d'amitié surévaluées ; après l'été, chacun partirait de son côté, selon la géographie et les spécialités on ne se croiserait peut-être jamais plus. L'alcool aidant, ils avaient le sentiment de basculer côté adulte et qu'au fond c'était carrément excitant : on se serrait dans les bras, on buvait encore, pour fêter ce grand moment juvénile. Carver passait de sa bande à Jane, qui papillonnait, l'embrassait au passage.

Il était minuit passé quand il prit Jane par la main.

— Hey ! glissa-t-il à son oreille, il y a un chouette jardin dans la propriété... Viens !

Il la tirait doucement, comme une invitation, si bien que Jane ne résista pas. Ils s'embrassèrent au bord de la piscine sous les reflets d'eau turquoise, ivres sans doute. Jane était bien. La vraie vie commençait, un tapis d'étoiles s'étendait sous ses yeux, témoins d'un monde bien réel.

— Oh, y a des endroits pour ça ! les apostropha un type éméché dans leur dos.

— Ha ! ha ! ha ! commentait son compère.

Ils étaient deux, une bouteille de vodka à la main, ricanant de leurs blagues. Carver hocha la tête à l'encontre des jeunes avinés, lança un clin d'œil à Jane.

— Viens...

Il l'entraîna vers le jardin de la propriété

et les arbres fruitiers qui se dispersaient dans le noir. La musique devint une rumeur sourde tandis que Carver la guidait vers les fourrés. Ils s'arrêtèrent à l'ombre de la lune et s'embrassèrent encore. Jane portait une robe et des escarpins ; Carver passa sa main sur sa poitrine, la malaxa énergiquement, pressa sa jolie croupe contre lui et empoigna ses fesses. Jane le laissa faire, excitée, anxieuse.

— Viens… Viens…

La voix de Carver n'était qu'un souffle. Il l'allongea sur l'herbe. Sa main très vite fila sous sa culotte, frotta son pubis, son clitoris. Jane se rétracta un instant, puis le laissa faire. Après tout, il était l'heure de grandir… Son cœur de jeune femme battait à tout rompre. Il faisait nuit derrière les fourrés, Carver bandait contre sa cuisse, l'embrassait en soufflant, un doigt cherchant à s'immiscer entre les lèvres de son sexe. Elles n'étaient pas humides, pas encore, mais c'était bon.

— Pas trop vite, chuchota-t-elle, pas trop vite…

Jane entendit alors un pouffement de

rire, quelque part sur sa droite. L'effet d'une piqûre de guêpe : elle redressa aussitôt la tête, scruta l'obscurité et ne vit rien dans les fourrés trop épais.

— Tu as entendu ?! souffla-t-elle.

— Quoi ?

— Ho ! Ne me dis pas que tu n'as rien entendu !

— Quoi ? s'irrita Carver. Y a rien : allez viens !

— Non... Non, répéta Jane. Il y a quelqu'un, là...

— Tu fais chier, allez viens, dit-il en la tirant par le poignet.

— Lâche-moi, je te dis qu'il y a quelqu'un !

Mais Carver aussi avait bu, il ne voulait rien savoir : il la maintint de force allongée, immobilisa ses bras et colla sa grosse main sur sa bouche :

— Maintenant tu la boucles et on reprend tout à zéro.

— Va te faire foutre ! siffla Jane entre les doigts de son amant.

Un nouveau rire éclata, puis un autre. Démasqué, Carver appela ses copains à la rescousse, ces chiens qui guettaient le coït de la pucelle depuis les buissons.

— Aidez-moi à la tenir !

Il était son petit copain, non ? Il allait la baiser, depuis le temps qu'ils attendaient, elle allait aimer ça, c'était juste une question de laisser-aller, détends-toi *baby*, même qu'après elle lui dirait merci.

Jane se débattit mais elle ne faisait pas le poids, et ce n'était pas ses cris étouffés sous leurs poignes qui allaient alerter les autres.

Carver lui avait arraché la culotte, l'avait déflorée en quelques coups de boutoir, grogné à son visage grimaçant des insanités qui s'étaient perdues sous les rires imbéciles de ses acolytes, et avait joui dans la foulée.

Une minute trente.

Jane ne songeait pas à la durée du supplice : la musique de la fête avait disparu, le reste de la bande se tenait incliné sous les étoiles mortes, quatre mâles fiers de l'être dont l'un commença à se défroquer.

Carver lut-il le hurlement qui se dessinait sur le visage de Jane ? Eut-il peur des représailles ?

— Ho ! grogna-t-il à l'intention de ses

copains. Rangez tout de suite votre artillerie, les gars, c'est ma gonzesse : compris ?

Jane profita du moment de flottement pour ramener sa robe entre ses cuisses, roula sur le flanc comme si cette position pouvait l'épargner. Carver rebouclait son ceinturon, la queue molle.

— Allez les gars, on se casse ! (Il leur tapa sur l'épaule pour qu'ils se bougent.) Allez !

On bougonna pour la forme, un regard partagé vers la pucelle à terre. Dommage, ouais.

Carver était reparti vers la fête avec sa bande.

Jane avait attendu qu'ils disparaissent derrière les arbres pour pleurer. Peur, humiliation, rage : où commençait, où s'arrêtait le pire ? On lui avait fait payer sa différence, cher.

Quand toutes les larmes de son corps furent taries, Jane était rentrée chez elle à pied sans parler de ce qui était arrivé à la fête. À personne. Ni à ses parents, ni aux gourdes qui lui servaient d'amies. Quelque chose s'était glacé entre ses cuisses, le fluide lui remontait dans le ventre, mais Jane était une bagarreuse dans son genre : elle ne resterait pas à Fresno, à attendre qu'un autre prenne la place, de gré ou de force, entre ses cuisses. Sa liberté serait sa vengeance. Le sexe, on verrait plus tard.

Jane avait quitté Fresno à dix-neuf ans, en bus.

Les parents n'avaient rien compris au départ précipité de leur fille, ni au fait qu'elle ne remettrait jamais les pieds dans leur ville de merde.

San Francisco était à trois heures de route : Jane avait débarqué avec deux cents dollars en poche, un guide vieux de cinq ans et un plan de la ville idoine. Elle avait trouvé une chambre meublée et écumé les lieux à la mode où les rencontres ne finissaient pas à six derrière les fourrés avec des bites entre les jambes.

Tout n'était pas rose à San Francisco, mais, deux ans après sa fuite, Jane prenait des cours de théâtre et gagnait sa vie comme mannequin de mode. Elle côtoyait des photographes, des journalistes, des artistes, les boutiques *hype* de Haight-

Ashbury lui donnaient des fringues, il fallait marner pour payer sa part de loyer mais tout valait mieux que Fresno.

Jane habitait le quartier gay de Castro, une maison à étage qu'elle partageait avec Frank, un homo fou de cinéma porté sur la coco qui, en attendant de devenir producteur, se contentait d'être son ami.

À Fresno, et bien qu'on ne les vît pas, les homosexuels étaient des pédales, des tantes, des tarlouzes qui s'enculaient par la rondelle et en ressortaient pleins de merde : ceux que Jane rencontra à San Francisco se montraient d'une liberté folle, cultivés et autrement plus drôles que les veaux dopés aux hormones qui avaient jalonné sa vie. Frank la sortait partout, l'habillait de manière extravagante, la conseillait dans ses lectures, Pygmalion désintéressé. Coqueluche d'un soir, volontiers vautrée sur les canapés avec un joint à la main et une foule de prétendants alentour, Jane gardait la tête sur les épaules.

Ce n'était pas un hasard si elle se réfugiait dans le giron des gays ; après l'épisode Carver, Jane avait gardé un froid polaire dans son corps. Mis dans la confidence, Frank l'avait encouragée à reprendre tout à zéro, garçon ou fille ça ne faisait pas de différence, ce qui comptait c'était le plaisir qu'on en tirait, n'est-ce pas ?

San Francisco avait ça dans la moelle malgré les lois qui se durcissaient, la gentrification des quartiers bohèmes et la pudibonderie réactionnaire de leur époque. Suivant les conseils de son ami, Jane avait essayé de faire l'amour, mais ça n'avait pas marché.

— Même avec toute la bonne volonté du monde ?

— Même.

Frank était désespéré : c'était bien la peine d'être belle comme un ange… Enfin, ils avaient foncé dans le tas avec toute la fougue de leur jeunesse, et tant pis s'ils se crashaient en chemin puisque c'était le leur.

Début de millénaire, sur Terre : les mafias coupant un peu plus la cocaïne pour la rendre accessible au premier gogo venu, San Francisco s'était retrouvée inondée de poudre à chiottes. Frank, qui consommait des dopes tous les week-ends, sniffait maintenant son gramme tous les jours. Puis deux. Ça le rendait con, arrogant, irritable, sans qu'il voulût s'en rendre compte. Jane, qui avait le nez dedans plus souvent qu'à son tour, était mal placée pour le lui reprocher.

Ils se réveillaient le midi avec des types inconnus au milieu du salon, des poufiasses ramassées on ne sait où, des parasites qui vidaient le frigo. Les objets avaient commencé à disparaître. Puis leur amitié désintéressée.

— Tu me fais un trait, j'ai plus rien…

Frank n'était plus qu'un nuage de poudre, que Jane traversait entre deux prises de vue. Leur amitié se dégradait, il suffisait de voir Frank. La coke lui avait volé la vedette.

Jane remplaça la cocaïne par les pilules, comme si cela pouvait changer quelque chose, traîna dans les clubs rock où on les trouvait – acides, speed, ecstasy… C'est dans une de ces salles de concert qu'elle entendit pour la première fois Blood, un groupe d'Oakland mené par deux frères. Ce fut le coup de foudre. Pour la musique – du *garage* postgrunge revisité par les frangins – mais surtout pour Jeff Whiteboon, le chanteur guitariste.

Jefferson avait la beauté tragique de Buckley, le jeu de scène de Greenwood (Jonny), un brin de férocité en plus. Son frère Bryant martelait la batterie comme s'il voulait la tuer, et puis c'était tout – tout l'amour du monde dans leurs yeux quand ils se croisèrent au bar, après le concert.

— Salut belle gosse.

— Salut…

Pour une fois, tout était simple.

Jefferson et son frère Bryant étaient originaires d'Oakland, le fief originel des Black Panthers : le contact avec les dissidents et leurs enfants les avait politisés, ils espéraient que leur musique serait à la hauteur de cette colère légitime, qu'un sang noir et rebelle coulait aussi dans leurs veines blanches et, par extension, dans leurs notes – pour eux la même chose.

Jefferson en parlait avec tant de conviction qu'il apporta à Jane ce qui lui manquait : la hargne.

Le sperme de Carver refluait toujours

entre ses cuisses, elle se perdait dans la dope pour oublier qu'elle avait dû s'essuyer avec des feuilles arrachées aux arbres du jardin, s'enfuir en larmes et jambes serrées, oublier que ce salaud n'avait peut-être même pas conscience d'avoir commis un viol, que ces putains d'images la hantaient toujours… Blood : un beau programme.

Jane et Jefferson mélangèrent le leur, si bien qu'ils ne se quittèrent plus – à quoi bon.

Jeff était sauvage et doux.

— Exactement ce qu'il me fallait, expliqua-t-elle à Frank.

Le nez dans la poudre, son ami homo comprit qu'elle le quittait. Il ne fit pas d'esclandre, juste une autre ligne…

Jefferson et Jane avaient fait l'amour ce soir-là dans l'appartement de Mission qu'il partageait avec son frère ; Bryant ayant eu la délicatesse de se soûler au bar du coin, ils s'aimèrent en silence dans une chambre encombrée de guitares, le corps plein de caresses et d'odeurs, puis recommencèrent, pour voir. Jane riait. C'était parti.

Ils s'installèrent, aménagèrent, s'organisèrent. Jeff et Bryant écumaient les clubs du Grand Ouest, ramassaient à peu près de quoi vivre ; Jane courait de ses cours aux castings sans trop changer ses habitudes. Mais pour que leur équipe à trois marche, il fallait serrer les vis.

— On n'a pas les moyens de se payer de la dope, avait prévenu Jefferson, parlant au nom de son frère, si j'étais toi, je laisserais tomber.

Jane n'avait rien dit de son addiction et, sur le coup, n'avait même pas cherché à nier – belle preuve de lucidité, qui ne pouvait que l'amener à décrocher. Ce qu'elle fit.

Leur première année ensemble fut merveilleuse, la seconde comme une comète. Le bonheur ne se résumerait pas à un claquement de doigts et Jane comptait en profiter.

— Dis donc Jeff, avait-elle dit un jour, tu ne voudrais pas un enfant par hasard ?

— Si, rétorqua-t-il, bonne idée.

Jane l'avait regardé intensément (il bricolait ses cordes, assis sur le lit), attendant un complément, un commentaire quelconque, qui ne vint pas. Il lui avait lancé un clin d'œil concupiscent.

— On commence quand ?

Petit malin…

Jane y avait mis du sien : un petit garçon était né treize mois plus tard, Duane, en hommage au grand-père Whiteboon, un sacré farceur d'après les frangins. La musique et la politique avaient remplacé la dope, Jane décrochait quelques contrats comme modèle et pouvait faire l'amour sans la bande de Carver en Cinémascope.

Duane grandit d'avorton à bout de chou ; à huit mois, il tenait seul en équilibre dans la main de son père, se laissait guider sous l'eau comme une torpille et émergeait les yeux ouverts, stoïque. Une graine d'homme c'est sûr, que Jane prenait pour un ange. Jefferson, statue de dieu, y gagnait en sagesse.

Ils fêtèrent les un an du bébé à Bodega Bay, la petite péninsule au nord de San Francisco, Duane perché sur les épaules de son père devant les falaises et les éléphants de mer qui se jetaient dans le Pacifique, les vagues grondant dans le vent pour lui apprendre à vivre…

— Je t'aime, Jeff.

— Moi aussi ma grosse.

Jane avait perdu trop de kilos depuis la fin de sa grossesse : on y voyait les os. Jeff avait cherché à la remplumer, mais les mois passaient et Jane virait à l'anémie… Pression de son gagne-pain – modèle – ou cause plus profonde ? Ils finirent par consulter un médecin, qui prescrivit une cure de fortifiants sans effet, puis un autre spécialiste qui, après analyses et un paquet de dollars, ne décela rien d'anormal.

Jane continuait pourtant à perdre l'appétit. Une forme d'anorexie ? Duane, lui, grandissait, en pleine forme, connaissait des mots comme « saucisse », « clébard ». Le bambin avait les cheveux noirs de son père, son caractère et son sourire : pourquoi Jane maigrissait-elle comme peau de chagrin ?

Jeff et Bryant tournaient du côté de Los Angeles quand elle eut un rendez-vous chez le docteur Barney, un autre spécialiste qu'une copine mannequin lui avait conseillé.

— C'est qui, ce médecin ? avait demandé Jeff au téléphone.

— Je ne sais pas, mais il est pas donné. Et il consulte à perpet', près de Tomales Bay… Il a une clinique là-bas qui s'occupe aussi des drogués.

Le musicien bougonnait à l'autre bout du combiné.

— Tu crois que la dope a à voir avec ça ?

— C'est ce que j'aimerais savoir… (Jane soupira.) Bon, et vous les garçons, comment ça se passe ?

— Une boucherie. Je te raconterai. Mais tout va bien… Tu le vois quand, ton médecin ?

— Demain matin, dix heures.

— Tu me tiens au courant, hein : qu'ils ne s'avisent pas de te garder, ces cons-là ! menaça Jeff en blaguant à moitié.

Jane aussi se méfiait. Du destin, des blessures mal cicatrisées, des chevaux de feu qui vous passent sur le corps.

Barney était paraît-il un personnage étrange, un médecin hors normes aux méthodes pas toujours conventionnelles mais efficaces. Un gourou ? Jane se posait la question, les yeux sur la route de campagne qui menait à sa clinique, Duane tétant son pouce à l'arrière, quand une voiture apparut ; elle venait d'un chemin mal bitumé sur la gauche, une vieille guimbarde qui s'arrêta au stop. Jane, qui avait ralenti dans sa petite Fiat, accéléra.

La guimbarde attendit qu'elle arrive à dix mètres pour lui couper la route.

Jane n'eut pas le temps de crier. Trop tard pour freiner : ou elle enfonçait l'obstacle de plein fouet ou elle se jetait dans le fossé sur sa droite, côté Duane. Jane cessa de respirer, d'un coup de volant chercha à contourner le monstre de fer, sentit un choc terrible contre la portière avant de voler littéralement : éjectée de la route, la Fiat percuta le sommet du fossé et partit en tonneaux dans un bruit de tonnerre.

Une poignée de secondes, comme un punching-ball.

Quand Jane ouvrit de nouveau les yeux, le sang coulait sur son visage. Une douleur atroce lui serrait le cœur : elle était encastrée dans l'habitacle, le toit enfoncé jusqu'aux sièges, jonchés d'éclats de verre. Duane…

Elle fit un effort désespéré, réussit à tourner la tête vers l'arrière, et vit le petit ange traversé de bouts de ferraille. Il n'en restait plus rien, qu'un gigot sanguinolent… Une autre douleur alors la réveilla, fulgurante : celle de sa jambe écrasée par le moteur.

*

L'accident avait eu lieu à trois kilomètres de la clinique du docteur Barney. Jeff avait été prévenu le soir même, en sortant de concert, et avait trouvé Jane le lendemain dans un lit d'hôpital, exsangue. On n'avait pas pu sauver sa jambe ; os, tendons, muscles, tout était broyé ; il avait fallu l'amputer sous le genou.

Quant à Duane, il était mort à l'arrivée des secours.

Leur vie venait de basculer et ne s'en relèverait jamais.

Douleur furieuse, rage impuissante, Jeff avait voulu passer ses nerfs sur le chauffard qui avait provoqué l'accident, bien décidé à le cogner jusqu'à la fin de ses jours, mais il était tombé sur un vieux de quatre-vingt-dix ans qui, s'il était sorti indemne de la collision, n'y voyait pas à deux mètres derrière ses culs de bouteille.

— Elle allait trop vite ! se disculpait-il.

Une envie de meurtre, de commencer par soi…

Jeff avait tout laissé en chantier pour s'occuper de Jane. Qu'au moins elle vive.

Il l'avait veillée, caressée, pleurant avec elle le souvenir de leur beau bébé cassé. La dégueulasserie n'avait pas de limites. Il ne restait qu'eux dans la mare aux sorcières, pataugeant dans les remugles d'un amour déchu.

Jane souffrait le martyre lors de la crémation – leur petit bout de fils reconstitué comme du hachis dans son costume de bois, la morphine postopératoire incapable d'atténuer la douleur, Duane qui s'en allait dans les flammes : un mauvais rêve.

Jane avait passé deux mois sous sédatif, prostrée dans ce lit d'amour où il n'était plus question de rien. Son fils, sa jambe, c'était trop. Jefferson la voyait sombrer mais il ne voulait pas perdre la femme qu'il aimait, même estropiée. Il lui fit des propositions, chercha avec elle une façon de s'en sortir.

— Ça servira à quoi ?

— T'occupe.

Tout n'était pas perdu. Avec le temps, la douleur de son moignon était devenue physiquement tolérable, Jane devait bouger, sortir de ce lit sanctuaire où elle se laissait mourir… Jeff n'était pas fier en amenant la prothèse, mais il lui vendit l'article : la prothèse était une petite merveille de technologie (qui lui avait coûté sa maigre fortune), épousant parfaitement les mouvements de son articulation et la pression du corps. Avec ça et un peu d'entraînement, elle pourrait marcher presque normalement.

Jeff s'emballait, maladroit, enthousiaste.

— Te fatigue pas, avait-elle dit sans un sourire, c'est fichu.

— Non.

— Si…

Jefferson ne voulait pas l'entendre, mais Jane savait que tous les efforts du monde n'y changeraient rien.

— Laisse tomber, je te dis. Tu ne vas pas passer ta vie avec une infirme. Regarde-toi : tu es trop jeune et trop beau pour t'encombrer... La musique est ton salut, Jeff, et moi un boulet, c'est aussi simple que ça. Et je ne veux pas de ta pitié, attendre le jour où tu ne rentreras pas, où tu en aimeras une autre et que tu te crèveras le bide pour m'en parler, pauvre petit chéri écrasé de culpabilité mais qui partira quand même, et qui aura raison... Tu vas me quitter, un jour ou l'autre, et je ne veux pas vivre ce compte à rebours. Je préfère qu'on se sépare maintenant, au moins les choses sont claires. Demain, tu ne m'aimeras plus. Je peux t'aider à ça si tu t'avises de rester contre mon gré... Sauve-toi. Sauve-toi Jeff, va faire de la musique et disparais de ma vue. De ma vie. *Maintenant.*

Jane devenait méchante. Elle disait qu'elle pouvait se débrouiller sans lui, qu'elle avait une assurance santé de ses parents, un gros paquet de fric qui tomberait bientôt, qu'elle referait sa vie avec un cul-de-jatte, un putain d'aveugle ou n'importe quel fils de pute excité par un moignon d'amputée.

Jeff était parti.

*

Il y avait de la drogue dans la drogue…

Jane avait pris une première dose avant de prendre le *cable car*, histoire de se mettre en train. Elle avait dit au revoir à Castro, le quartier où elle avait vécu ses premières années à San Francisco, la maison en bois peint en mauve qu'elle partageait avec Frank… Qu'était devenu son mentor homo ? Producteur entouré de cajoleurs ou junky tremblant, les sinus défoncés à l'ammoniac ?

Les yeux vagues à la vitre du *cable car*, Jane avait observé les rues pentues qui menaient à Haight-Ashbury, leurs pastels de maisons sagement alignées défiant la tectonique, les boutiques *organic* qui florissaient le long des rues, le soir tranquille qui tombait sur la ville, se demandant quand la drogue allait faire son effet.

« Manquerait plus qu'on m'ait grugée sur le dosage », ruminait-elle encore en descendant du *cable car*.

C'est en bordure du parc qu'elle ressentit les premiers effets de la poudre. Après quatre ans de sevrage, le choc fut frontal ; elle dut se rattraper aux grilles, manquant de chanceler sur sa jambe de fer.

« Oufff… »

Son cerveau en voyait de toutes les couleurs. Jane eut un brusque haut-le-cœur et vomit sa bile au pied des arbustes. L'acidité la fit tousser un moment avant qu'elle ne reprît ses esprits. Ça n'allait pas mieux. Vertige, nausée, il fallait qu'elle trouve un endroit tranquille, pour se remettre…

Le jour, le Golden Gate Park accueillait une foule dispersée entre les allées menant aux musées et les vastes pelouses, terrains de jeu des enfants et des chiens : la nuit, c'était le rendez-vous des défoncés, des *homeless*, des détraqués… Jane se traîna en s'accrochant aux grilles du parc, finit par trouver l'équilibre après un bref combat contre l'apesanteur. Sa prothèse s'était transformée en ressorts de cartoon, elle avait l'impression de fendre les vagues d'un océan déchaîné, vaisseau féminin crachant l'écume.

Ne voyant personne à l'entrée du parc,

elle descendit l'allée et trouva un banc à l'ombre d'un chêne multicentenaire.

Elle se tenait là, immobile. La lune éclairait les feuillages : les pelouses étaient mauves, son cerveau dans le formol… Les minutes passèrent, mauvais mirage. Jane trouva une cigarette dans son sac de toile, l'alluma fébrilement. On s'évaporait autour d'elle, statue blanche et chrome sous les rayons cosmiques. Son esprit se stabilisa un peu, entre Mercure et Jupiter. Jane divaguait sur le banc du parc lorsqu'elle entendit le craquement d'une branche sur sa droite.

Sortant de sa léthargie, elle fixa les ténèbres : oui, il y avait une forme à l'ombre du chêne, qui disparut dans l'obscurité…

Elle guetta les bruits de la nuit, un temps qui lui parut interminable, n'entendit plus que le chant du vent dans les arbres… Hallucination ? Un nouveau craquement se produisit, sur sa gauche… Non, elle ne rêvait pas, il y avait bien une silhouette sous l'arbre : un homme, qui se terrait à l'ombre des branches…

— Tu cherches quelque chose ?! lui lança-t-elle.

La forme ne bougea pas – pas tout de suite. Le cœur de Jane battait jusqu'à ses tempes échaudées par la dope : un homme grand et massif sortit enfin de sa cachette, les cheveux sur les épaules... La lune l'éclaira un peu sur le terrain découvert : un *homeless*.

— Heu... je ne sais pas, dit-il.

— Tu sais pas quoi ?

Il marchait à pas comptés, hésitant.

— Ce que je cherche...

Il semblait plus mal à l'aise que menaçant.

— Si tu es là, tu dois avoir une piste.

— Je... je vous ai suivie, avoua-t-il, je ne sais pas pourquoi...

Ce n'était pas un violeur en maraude mais un sans-abri à la peau cuivrée vêtu de guenilles, portant un sac de toile élimée à l'épaule. Il avança jusqu'à elle, pataud, visiblement intimidé.

— Tu es indien ? demanda Jane pour briser la glace.

Il baissa les yeux sur sa robe à pois blancs.

— Ça se voit tant que ça ? dit-il d'une voix rauque.

— Ça fait cinq minutes que tu me tournes autour comme un chariot…

L'homme esquissa un sourire dans la semi-obscurité. Il avait entre trente et quarante ans, difficile à dire vu son état, empestait l'alcool et se dandinait sur l'herbe fraîche.

— Je ne voulais pas te faire peur, dit-il. Pardon.

Le pauvre avait l'air sincère.

— Tu viens d'où ?

— Dakota du Sud.

Jane connaissait sa géographie, les histoires qui allaient avec.

— Sioux ?

L'homme opina :

— Oglala.

— Ceux qu'on a massacrés à Wounded Knee, hum…

Jane gambergeait sur son banc. Elle et Jeff trouvaient que les photos des Indiens abattus dans la neige à Wounded Knee rappelaient les soldats de la Wehrmacht lors de la retraite de Russie, ces corps gelés avec leurs chevaux, ou ce qu'il en restait… Wounded Knee, genou blessé : Jane reçut la nouvelle comme une révélation macabre, un message qu'on lui envoyait de l'au-delà, et ses fantômes pour lui répondre… Elle se ressaisit.

— Tu t'appelles comment, Grand Chef ?

— Sam.

— Ce n'est pas un nom de Sioux.

L'homme fit la moue.

— C'est celui qu'on m'a donné…

Jane songea qu'il avait dû être beau ; ses yeux étaient doux derrière les brumes d'alcool, son corps encore élancé sous ses frusques sales. Un pauvre bougre d'Indien déraciné qui n'avait pas survécu au massacre : bien sûr, leur rencontre ne devait rien au hasard… Jane chercha dans les étoiles, qui n'y pouvaient plus rien.

— Je vais t'appeler… Deux-Ours, dit-elle.

Le Sioux haussa les épaules sous son treillis élimé, désigna la place sur le banc.

— Je peux m'asseoir ?

Il tanguait dans la houle.

— Si tu arrives jusque-là, oui, répondit-elle.

Son sourire ironique le mit un peu plus mal à l'aise ; bon an mal an, Deux-Ours prit place sur le banc.

— Je m'appelle Jane, dit-elle.

Il loucha sur son visage, trop près sans doute, malgré la distance respectable qu'il avait mise entre eux. Il devait avoir sacrément picolé. Jane tira une cigarette de son sac.

— Tu fumes, Deux-Ours ?

— Je m'appelle Sam, dit-il.

Il était presque attendrissant.

— Ce n'est pas ma faute si tu as de grosses pattes, dit-elle pour le détendre.

Le Sioux prit la cigarette sans un mot, l'alluma, puis il jeta un regard noir sur l'étendue du parc. La pelouse blanchissait sous la lune, eux aussi commençaient à mieux distinguer les contours de leur visage. Une nausée la ramena à la réalité.

— Tu vas mieux ? demanda-t-il.

Jane s'ébroua – son esprit escaladait les cimes des arbres.

— Mieux ?

— Je t'ai vue vomir près des grilles, tout à l'heure…

Elle cligna des yeux.

— C'est pour ça que tu m'as suivie ?

Il ne répondit pas.

— Dis-moi, Deux-Ours : tu suis tous les animaux blessés ou malades que tu croises pour leur faire la causette ?

Il secoua sa longue tignasse brune, fataliste.

— Non… Non, j'ai le cerveau brouillé, Jane. Bu trop d'eau-de-feu… (Il croisa brièvement son regard…) Deux-Ours est une espèce en voie de disparition, si tu veux mon avis.

Jane eut un rire franc, accentué par la drogue. Non, elle ne se trompait pas, le destin lui envoyait son représentant officiel, le messager du Grand Esprit, pour qu'elle se sente moins seule jusqu'à son campement d'hiver… Il toussait quand elle se tourna vers lui :

— Tu viens souvent ici la nuit, Deux-Ours ?

— Non… Jamais.

— Moi non plus…

Un silence passa, que personne n'écoutait.

— Il y avait des arbres comme ça chez moi, dit-il enfin. Il y a longtemps…

— Chez moi il y avait surtout des cons, renchérit-elle. Il y a longtemps aussi.

Jane le vit sourire en douce.

— On fait une belle équipe tous les deux, pas vrai ? relança-t-elle.

L'Indien haussa les épaules.

— Bah… Moi, je sais pas, mais toi… Oui, ajouta-t-il, ça ne fait pas une équipe, mais toi tu es très belle.

Sam était sincère. Et se voulait gentil.

— Tu aimes les handicapées, Deux-Ours ?

Les mots mordaient la bouche de Jane, mais il voyait trop bien qu'elle se blessait elle-même.

— Ce n'est pas comme ça que je te vois, dit-il.

Il y avait dans sa voix une compassion que son peuple n'avait pas eue envers ses ancêtres de Wounded Knee. Jane ne se laissa pas attendrir : elle tendit son genou replié sous le banc, découvrant sa prothèse.

— Et là, tu vois quoi ?

Le Sioux ne se démonta pas.

— Je vois une femme malheureuse.

— Dis donc, tu es perspicace, Deux-Ours ! Tu as du flair – ha ! ha !

Son rire résonna dans son cerveau de bois flottant, provoqua une brève bouffée délirante : l'écho de sa voix courut sur la pelouse en direction des arbres et disparut dans les cimes… Un oiseau pépia dans la nuit. Après quoi, rien : Jane planait bien au-dessus des cieux.

Le *homeless* aussi se taisait adroitement.

— Tu es toujours là, Deux-Ours ? demanda-t-elle au bout du silence.

— Oui.

Quittant son délire psychédélique, Jane se tourna vers lui.

— Que dirais-tu d'une petite balade en ville ?

Il releva un sourcil.

— Où ça, tu veux dire dans le quartier ?

— C'est moi qui invite… Tu aimes ça, boire ?

— Hum… Toi aussi on dirait, non ?

— Pour toi, je veux bien faire une exception.

Un traitement de faveur. Un traitrement. Les mots aussi s'embrouillaient dans sa cervelle d'estropiée – il était vraiment temps de se bouger.

— Je veux bien t'accompagner dans un bar, concéda Deux-Ours, mais avec mon costume de poivrot, pas sûr qu'ils me laissent rentrer.

— J'en fais mon affaire ! s'écria Jane, dressant son index dans la nuit.

Un geste économe, un des rares qu'elle pouvait faire seule. Une vague euphorie la saisit, qui laissait le Sioux sceptique.

— Cesse de grogner, Deux-Ours, fit-elle en écrasant sa cigarette sous sa chaussure. Aide-moi plutôt à me lever…

*

Deux-Ours l'avait soutenue tout le chemin. Il puait un peu, mais le reste de la machine tenait la distance. Le brave avait parcouru les plaines dans une autre vie

– sûr. Jane roulait des yeux, calée sous l'épaule du *homeless*, qui la ramenait à la lumière des réverbères. Ceux de Haight-Ashbury les attiraient comme les lampions d'une fête où personne ne vous attend.

Il y avait des fêtards, des gens qui rentraient chez eux, des touristes que taxaient les sans-abri de son genre.

— Tu veux aller où ? demanda-t-il bientôt.

— Où tu veux.

— Où je veux ? Mais je connais rien. Je suis pas d'ici.

— Non, convint Jane, tu es de Wounded Knee… Comme moi ce soir. C'est beau, non ?

Sa voix se voulait plus familière, mais Jane avait du mal à articuler. Le guerrier la portait depuis trois cents mètres, légère comme une plume avec sa jambe en moins.

— Alors ? demanda Deux-Ours, désignant les enseignes des bars.

Difficile de lire les noms. Jane laissa tomber.

— Le premier, là, dit-elle, avec la devanture rouge…

L'intérieur du bar était sombre et il n'y avait pas de portier ; ils se glissèrent sans encombre jusqu'au comptoir de l'Alembic, le plus petit bistrot de la rue Haight, à l'ambiance plus ou moins gothique malgré les Sex Pistols qui braillaient dans les enceintes. Deux-Ours nicha Jane sur un tabouret, jeta un œil curieux sur le décor pendant qu'elle rassemblait ses esprits.

— Salut, ça va ?! lança la barmaid. Qu'est-ce que je vous sers ?

Une punkette en jupe courte déchirée trônait derrière le comptoir ; elle portait des bas en pattes d'araignée, une dizaine de piercings et des tatouages aux couleurs étranges sous le spot violet qui éclairait le comptoir.

— Tu bois quoi ? fit Jane à son compagnon d'un soir.

— Je ne sais pas, comme toi, une bière…

— OK. Deux bloody mary, s'il te plaît.

Deux-Ours ne broncha pas. Il y avait un peu de monde, un couple d'amoureux imbibés qui se pelotaient à l'autre bout du comptoir, quelques touristes qui s'encanaillaient, un ou deux soûlards de service.

— C'est pas souvent qu'on me paie un verre, fit l'Indien.

— C'est parce que tu bois trop, Deux-Ours !

La punkette derrière le comptoir aussi avait l'air bien partie – elle faisait semblant de pisser dans les cocktails, pour la plus grande joie des amoureux. Enfin, leurs verres atterrirent à portée de main. Bonne idée d'avoir pris de l'argent : Jane déposa un billet de vingt dollars sur le comptoir humide, laissa le pourboire.

Ils trinquèrent.

— À la vie, Deux-Ours ! s'esclaffa-t-elle. À la vie qui fout le camp !

Ils burent une première gorgée, épicée, croquèrent les asperges vertes qui trempaient dans la vodka-tomate. Celle de Jane avait un sale goût d'ammoniac.

— Qu'est-ce qui t'est arrivé ? s'enhardit Deux-Ours. Pour que tu sois comme ça…

— Comme ça ? fit Jane en dressant sa prothèse. Bah, j'ai pris mon pied un jour où je n'en pouvais plus en le mettant dans un broyeur… Ou alors j'ai été amputée sur un champ de bataille. Ou je suis née comme ça : avec un bout de ferraille articulé au genou. Tu choisis.

— Je ne parlais pas spécialement de ta jambe, répondit-il d'un ton neutre. Je me demandais seulement comment quelqu'un comme toi pouvait se retrouver avec quelqu'un comme moi, dans ce bar ; pourquoi tu erres la nuit dans les rues... Pourquoi je t'ai suivie.

Elle tangua un moment sur son tabouret imitation zèbre.

— Nos destins sont liés, Deux-Ours : c'est la nuit qui nous a réunis.

— Tu ne réponds pas, ou alors à côté.

Bien sûr.

— Parle-moi plutôt de toi, Deux-Ours.

Il soupira, comme si de vieux souvenirs remontaient.

— Il n'y a pas grand-chose à dire... Pauvreté, désœuvrement, alcool, chômage, fuite. À mettre dans l'ordre que tu veux... Mon histoire est tellement banale qu'elle ne vaut pas une ligne, dans aucun livre, ni même que je te la raconte.

Son élocution était hésitante malgré son haleine, sa lucidité encore intacte. Jane sonda son regard, il était triste et condamné comme son peuple, l'idée qu'elle s'en faisait. Que le diable les emporte, les Indiens massacrés de Wounded Knee, elle, sa prothèse, la dope. Jane délirait sur son tabouret.

— Tu as un métier ? demanda soudain Deux-Ours.

— Hum ?

— Je suis sûr que tu fais autre chose de ta vie que traîner dans la rue.

— Ah oui, releva-t-elle mollement, qu'est-ce qui te fait croire ça ?

— Ce n'est pas un endroit pour toi.

Elle se redressa sur son tabouret, ivre.

— Tu me mettrais dans quelle case : rebut ?

— Je t'ai déjà dit que tu étais belle comme tu étais, s'empourpra le Sioux.

— Comme j'étais, oui.

Jane descendit la moitié du bloody mary, Hanni El Khatib à plein volume. La barmaid tatouée alignait les *shots* au bout du comptoir, bien décidée à soûler à mort le couple d'amoureux. Jane se tourna vers le vagabond, qui méditait dans son cocktail.

— Tu as dit adieu à ta famille, Deux-Ours ?

Il releva la tête, circonspect.

— Pourquoi ?

— C'est important.

— Je me souviens pas. C'était il y a longtemps… Et ça vaut mieux comme ça. De toute façon, il n'y a rien à faire là-bas, même pas des adieux.

— C'est parce qu'on vous a parqués.

— Hum.

— Il paraît qu'ils veulent faire un mausolée, ou un monument pour les victimes de Wounded Knee, avança Jane. On m'a aussi dit que Johnny Depp voulait racheter le site pour le donner aux Indiens…

Il opina tristement.

— Comme ça, on finira en bêtes curieuses, pour les touristes.

— Tu sais ce que disait je ne sais plus quel poète, fit-elle pour lui remonter le moral : « Celui qui regarde le lion dans sa cage finit par pourrir dans la mémoire du lion… »

— Hum.

Il grognait toujours. Jane acheva son

verre, encore rempli de glaçons. Effets secondaires de la dope, lassitude de son cerveau malade, la jeune femme rouvrit les yeux et soudain tout s'accéléra : la musique, la barmaid piercinguée qui versait les *shots* de whisky sur ses seins nus en hurlant des insanités, les mouvements des clients au comptoir, les vertiges. D'autres touristes arrivaient et elle perdait les pédales.

— Viens, souffla Jane. Allons-nous-en…

Deux-Ours l'aida à descendre du tabouret, finit la vodka et la prit heureusement par le bras.

Le vent dehors lui fit un peu de bien. Pas assez. Jane n'était pas sûre d'arriver seule au sommet de la colline ; un vieux hippie dormait au milieu du trottoir, les noctambules riaient fort, mais le monde devenait flou.

— On va où ? demanda Deux-Ours.

Jane fit un effort terrible pour marcher droit.

— À Bellavista…

*

Ils n'avaient croisé que des corbeaux sur la route. Une autre vue de l'esprit, qui s'échappait peu à peu. Courage, se dit-elle. Il lui en fallait.

Le petit parc de Bellavista se situait au bout de la *main street*, grimpant à flanc de colline. Jane y allait souvent avec Duane et Jeff : les petits animaux, les terrains de tennis avec panorama sur la ville, les joggers, les meutes de chiens disciplinés qu'on promenait par groupes, mille curiosités pour un bébé attentif. Mais Duane n'existait plus, ni Jeff, ni elle. Le parc, moins couru que son gigantesque homologue du Golden Gate, semblait vide. Ici pas de musées ni de plans d'eau aménagés, que des souvenirs à la casse.

Deux-Ours l'aida à gravir le chemin sinueux qui menait tout là-haut. Le rescapé de Wounded Knee était un brave sous ses loques, et dur au mal.

— Tu tiens le coup ? demanda-t-il à mi-chemin.

— Super.

La vodka n'avait pas arrangé son état. Ils atteignirent enfin l'espace rocheux qui marquait le sommet de la colline. Jane évita les pierres traîtresses qui jonchaient le sentier creusé par le pas des promeneurs, la prothèse butait sur les obstacles mais Deux-Ours titubait mieux qu'elle dans la nuit.

Le vent était plus fort sur les hauteurs de Bellavista, et la faisait vaciller. Jane avait le cœur gros, le souffle court.

— Je n'en peux plus, dit-elle doucement.

— Tu veux t'asseoir ?

— Oui...

Leur campement d'hiver.

Il aida la jeune femme à se caler au creux d'un rocher, avant de prendre place à ses côtés. San Francisco s'étendait sous leurs yeux, belle endormie dans la nuit moite... C'était la fin de l'été, du chemin.

Jane ouvrit son sac, farfouilla à l'intérieur.

— Qu'est-ce que tu cherches ?

— La dope, dit-elle.

— De la dope ? Hum, grommela-t-il, tu ne crois pas que tu as déjà ton compte ? Jane, tu arrives à peine à marcher.

Sa voix était étonnamment douce, ou alors n'était-ce que la brise.

— Je n'ai plus besoin de marcher, dit-elle en relevant la tête de son sac. Grâce à toi.

Jane extirpa un étui à cigarettes en argent, qu'elle ouvrit avec précaution. L'étui contenait un joint high-tech, avec un tube de plastique blanc qui faisait office de filtre. Visiblement, Deux-Ours n'avait jamais rien vu de semblable.

— C'est quoi, de l'herbe ?

— Aussi, oui, concéda Jane. Pour toi, Deux-Ours… Pour nous.

Michael, le dealer qui lui avait vendu la défonce, l'avait prévenue : c'était de la came de première catégorie, un nouveau produit qui pouvait t'envoyer direct au nirvana. Pas plus d'un gramme par prise – Jane en avait fumé deux avant de prendre le *cable car*… Un simple test. Il était temps de passer à la phase deux.

Jane alluma le joint sans plus penser à rien et aspira une longue bouffée, les yeux brillant de larmes… Huit grammes : une dose mortelle pour des novices.

— Ça te dit, Deux-Ours ? demanda-t-elle.

— Hum, grogna le Sioux.

Il empoigna le joint, aspira à son tour une large bouffée. Bref moment d'harmonie. Le Sioux avait confiance dans la parole des visages pâles : il avait tort.

— Viens, dit Jane. Viens contre moi…

Deux-Ours la regardait avec les yeux de l'amour : il fuma le poison avec elle, caressa ses cheveux de ses grandes mains maladroites, en silence, sans savoir que son cerveau brûlait.

Les lumières de San Francisco scintillèrent sous la lune, une dernière fois : Jane se sentit partir, sortir de son corps pour n'y plus redescendre. Elle voyait double.

Le fantôme de Wounded Knee la tenait au chaud, calée contre sa poitrine… et ce fut tout.

DU MÊME AUTEUR

Aux Éditions Gallimard

Dans la collection Série Noire

CONDOR, 2016.

MAPUCHE, 2012, Folio Policier nº 716.

ZULU, 2008, Folio Policier nº 584.

UTU, 2004, nº 2715, Folio Policier nº 500.

PLUTÔT CREVER, 2002, nº 2644, Folio Policier nº 423.

Dans la collection Folio Policier

SAGA MAORIE, Haka-Utu, 2016, nº 798.

LA JAMBE GAUCHE DE JOE STRUMMER, 2007, nº 467.

Dans la collection Folio 2 €

PETIT ÉLOGE DE l'EXCÈS, 2006, nº 4483.

Aux Éditions Baleine

HAKA, 1998, Folio Policier nº 286.

Dans la collection Le Poulpe

D'AMOUR ET DOPE FRAÎCHE, 2009, coécrit avec Sophie Couronne, Folio Policier nº 681.

Chez d'autres éditeurs

POURVU QUE ÇA BRÛLE, Albin Michel, 2017.

LES NUITS DE SAN FRANCISCO, Arthaud, 2014, Folio Policier nº 842.

COMMENT DEVENIR ÉCRIVAIN QUAND ON VIENT DE LA GRANDE PLOUQUERIE INTERNATIONALE, Le Seuil, 2013.

NOUVEAU MONDE INC., La Tengo Éditions, 2011.

QUEUE DU BONHEUR, édité par le MAC/VAL, 2008, d'après l'œuvre du plasticien Claude Clotsky.

RACLÉE DE VERTS, Éditions La Branche, collection Suite noire, 2007, Pocket n° 14870.

Aux Éditions Pocket Jeunesse

MAPUCE ET LA RÉVOLTE DES ANIMAUX, 2015, illustré par Christian Heinrich.

KROTOKUS Ier, ROI DES ANIMAUX, 2010, illustré par Christian Heinrich.

Aux Éditions Thierry Magnier

JOUR DE COLÈRE, littérature jeunesse, collection Petite poche, 2003, nouvelle édition, 2016.

MA LANGUE DE FER, littérature jeunesse, collection Petite poche, 2007.

Aux Éditions Syros

L'AFRIKANER DE GORDON'S BAY, littérature jeunesse, collection Souris noire, 2013.

ALICE AU MAROC, littérature jeunesse, collection Souris noire, 2009.

LA DERNIÈRE DANSE DES MAORIS, littérature jeunesse, collection Souris noire, 2007.

LA CAGE AUX LIONNES, littérature jeunesse, collection Souris noire, 2006.

Composition : IGS-CP à L'Isle-d'Espagnac (16)
Achevé d'imprimer par Novoprint,
le 25 septembre 2017
Dépôt légal : septembre 2017

ISBN : 978-2-07-274607-9/Imprimé en Espagne.

323217